烏龍院

Q版 四格漫畫 活寶

第5卷

作者── 敖幼祥

烏龍院 活寶 人物介紹

長眉大師父

烏龍院大師父，面惡心善，不但武功蓋世，內力深厚，而且還直覺奇準喔！

大頭胖師父

菩薩臉孔的大頭胖師父，笑口常開，足智多謀。

大師兄阿亮

原先是烏龍院唯一的徒弟，在小師弟被收養後，升格為大師兄。有一身好體力，平常愚魯，但緊急時刻特別靈光。

烏龍小師弟

長相可愛、鬼靈精怪的小師弟，遇事都能冷靜對應，很受女孩子喜愛。

水觀音

當年五行大將軍中的水將軍所變身而成，吞下活寶的部分軀體，在祕境建立「完美帝國」，實施優生種族改造。

半形人

外型介於人和水生動物之間，組成游擊隊，與水觀音的帝國對抗。

張總管

原本洗碗打工的肺癆鬼，後來成為「一點綠」客棧的總管，與烏龍院師徒再度相逢，並負責主持「金牌辣廚」大賽。

魔術料理師

來自西域，頭戴皇冠，拿手絕活是隔空即能生火烹調出香嫩無比的「紅油烤魚」。

辣婆婆

烤骨沙漠中「一點綠」客棧的老闆娘。唯一知道地獄谷正確所在地的人。身為超級美食主義者，為了徵選辣味專家，舉辦「金牌辣廚」大賽。

江少右

新潮流川菜達人，年紀雖輕，但料理功夫高強的美少女，因為吸引大師兄的關愛，成為馬臉的眼中釘。

目錄

第33話 沙克陽魅力

大姐是帝國軍隊的首席先鋒，每次都一馬當先！

報告！半形人大軍攻破我們的防線！

關鍵時刻，我也身先士卒……

大姐在這種時候身先士卒，實在太神勇啦！

開溜吧！

混蛋！還放屁啦!!

手被綁了，看你還能使出什麼招？

殺了他！

原價 3496 元的皮包打6.5 折之後，消費滿 800元再送 777 元購物券。現在要給妳三個皮包的機會，要花多少錢？限時搶答！

三個皮包是……然後打 6.5 折……

減掉購物券……再扣掉那個……

快點哦！時間過了就不打折囉！

@井ㄅ//ㄈ%……e b

妳若傷了我，水觀音定會先拿妳開刀！

我不敢動他！還是把他先關起來再說！

先關起來！

笨蛋，這樣就騙過去了！

喂！過來放我出去！

你是貴賓，我們可不敢碰你！

聖母駕臨!!

恭迎聖母大駕光臨!!

聖母果然氣派。

笨蛋!聖母還沒出現!

咦?那麼現在這個是⋯⋯?

這位是聖母的寵物,龜爺大人!

聖母
大駕光臨！

聖母要
親自問話！

引她出動奏效了！
水觀音親自出場呢！

設備準備好了。

聖母要跟你
視訊聊天！

沙克‧陽！你闖入青春池目的何在？

追回活寶！

送回秦宮！

胡說！秦宮早已滅亡！

哦！

那活寶只好歸我！

讓我再建一個秦宮！

分明想私吞活寶！

那就是煉丹師的獨門印記?!

這是胎記，不是印記。

可我們不是說你胸口的印……

今晚有空嗎？

指的是你脖子上的草莓印記。

上次女友太火熱啦！

為什麼帥哥總是被別人搶了?!

敢耍花樣
假借跳舞
偷襲聖母?!

這可是煉丹師獨門
減肥操！

1、2　跟我轉！　好難呀！　頭暈呀！　哇！
太難了，
3、4　　　　　　　　　　　　　　　　我減不了
2、2　　　　　　　　　　　　　　　　肥了……
3、4

嗯啊！

旭日東升！

煉丹師的密技好厲害！

不就是嗯出顆球嘛！這個我也會！

大姐好厲害！大姐快露一手！

旭日東升……

嗯

嗯

嗯

瞧瞧！升起來了！比他的還大粒！

口香糖！

哇！花了大錢才弄好的髮型！

剛修好的指甲……全毀啦！

新訂做的高級蠶絲衫！

咦？竹妹呢？

我的假髮呢?!

HA HA HA HA

22

服了你，我們……
承認你是煉丹師啦！

自爆了……

證明清白用得著
這麼極端嗎 ?!

其實我也是個煉丹師！

妳？

我還真沒聽說過！

不信？我讓你親自試試看！

原來是「練膽師」！

座前四鳳，妳們要好好款待貴賓。

怎麼樣小子，還有何話可說??

嗯，莫名的快感。

請……請繼續！

睡了三個小時！
真是浪費時間！

妳洗澡花五個小時，
更浪費時間！

你浪費時間！

妳才浪費時間！

妳浪費！

你浪費！

煩不煩！吵了八個小
時，讓不讓人睡覺了！

第**34**話
真假水觀音

啊——！
妳的浴巾掉了啦！

呵呵，不必擔心！

AWOO

我有穿內衣！

讓你欣賞一下我曼妙的身材吧！

哎呀！
你的褲子也掉了啦！

啊？

1702

那乾脆也讓妳欣賞我強壯的身材！

我對穿紙尿片的男人無興趣！

大師父有一句名言！

與其呆坐唉聲嘆氣，不如出去碰碰運氣！

啊！大師父的話猶如一盞明燈指引了我！

喔！果然一出來就有好運氣！

喔⋯⋯

這種運氣⋯⋯

遇到打折超好運啊！

唉——女人！

嘩——！
真厲害！

切！

你看，
好厲害啊！

變！

哇噢！好耶！
加油！

……

大姐，妳不是很討厭他嗎？
怎麼突然轉態度了？

笨！

誰會跟錢過不去啊？

表演收費处

喂喂，我說呀，

妳們知道煉丹師是什麼東西嗎？

討厭啦，人家沒聽說過呢——

煉丹師是一門綜合了

理學

文學

醫學

數學 統計學

武學

天文學 心理學

哲學

物理學 解剖學

等學科的偉大職業!!

煉丹師好了不起。

一定很難當上吧！

學完這麼多都要老了。

直接將資料輸入就好了！

DIKADIK

妳們亂減肥，輕則胃出血，重則胃癌！

但是只要服用我開的藥方，就保證沒事！

嘩——！太好了！

給我藥方！

我也要！

給我！

嘩！

給我！

給我！

放肆！

竟敢如此對待本尊的貴賓！

還是水觀音識大體！

咳咳！你的藥方也給我一份！

特權不用排隊！

請！

妳們知不知道豬臉女士在哪兒？

！！

知道啊！

我們帶你去！

謝謝兩位姑娘帶路！

CO CO CO

這位就是「朱蓮」女士！

Hey！帥哥

瞧!我畫的這個妝,怎樣?

切!畫個猴子屁股誰不會?

我才不奢望你們這些不會化妝的雄性動物欣賞呢!

我也曾經做過化妝師哦!

有人敲門！
你快躲進衣櫃裡！

必要時我會
出來救妳的！

嘿嘿嘿，
妳就是那位
豬臉女子吧！

混蛋！怎麼還
不出來救我！！

妳最好給我
老實點！

哇哇──
外面很精采呢！

櫃內狀況

呀！不要！
救命！

好想看呀！

敢出聲就
砍了妳！

我就是豬面具大姐!!

不介意讓我拿下你的面具吧?

嗚嗚嗚……

嘿嘿!這下子穿幫了吧!

把臉皮還給我。

住手！

咳！

咳！

真厲害！被花盆
砸頭竟然沒倒下！

這時候需要比
花盆更強的攻擊
武器了！

賞你這桶
便盆吧！

沙客‧陽，
你可認罪？

我是被
誣陷的，
何罪之有？

證據確鑿！
你還敢狡辯？
快招供！

一苗芈‧一苗芈

我要買！

我只是去推銷
獨家減肥祕方
而已！

我也要！

第35話
不完美帝國

看看是不是那個男人欺負妳？

是！

讓你們瞧瞧我煉丹師秘傳的變臉術!!

SU
SU
SU

哇！

長相好恐怖！他不是那個男人!!

505

原來是半形人冒充的奸細!!

拖出去斬了!!

冤枉吶～～

坐在上面的是假的水觀音!!

假……的?

怎麼回事?

不會……吧?好可怕哦!

哼!

大膽狂徒!

憑什麼說本尊是假的?!

坦白說吧!妳的睫毛是假的,

假髮、假胸部、

假牙!有哪個不是假的?

第 **35** 話　不完美帝國

幸好有個
軟墊!!

有驚無險呀!!

咦?有東西
在跳……??

一波未平,
一波又起!!

跳蚤!!

真不要命！
他們竟然跳下去了！

深不見底的
洞啊！！

大姐，
身先士卒哦！

……

大姐要給咱做
個榜樣嘛——

咱做小妹的
一直很欽佩
大姐的哦！

哎喲——！
我不小心把鑽戒
丟下去了呢——

我先下去！
妳們不准搶！

真戒指還
在我這裡！

猜拳決定
誰先下！

剪刀、
石頭、布！

她們追下來了!!

快把軟墊收起來!!

哇哈哈!我們可是有備而來的!!

大姐英明,還準備了降落傘......

再看把你也黏到上面去!

你們兩個豬哥!看什麼啦!!

怎麼牆上這麼多膠水??

妳這個替身憑什麼對我們四鳳發號施令??

就是嘛，憑什麼？

大姐明鑒！

其實我早就向聖母奏請，應找大姐擔此重任！

這樣我就是一人之下，萬人之上了，哈哈哈……

大姐帥呆了!!

不過在此之前，妳先得替聖母計算拖欠了十年的帳單!!

ZZZEK

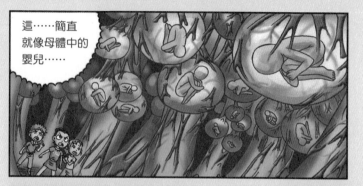

這……簡直就像母體中的嬰兒……

真是好可憐的胎兒呀!

沒必要吧?同情這些怪胎……

因為我同情他們還沒出世就要讀書……

This……

is…

a…a…

book……

要來喝我的血啦!!

艾飛!!

可……惡……

艾飛……真的被吸血了嗎?

哇哇!我的初吻被綠嬰奪去啦!!

我不要懷上綠嬰的孩子!!討厭啦,哇!

天呀！綠嬰數量超多的！

踢都踢不完呀!!

身為煉丹師就沒有好點的辦法嗎?!

煉丹師滅絕祕招威力驚人！我怕會波及你們!!

快使出來吧！

灭众生

香港脚

對了！可以用無聲笛呼叫半形人！！

現在吹有用嗎？

總比吹牛強！！

援兵來了！

海牛敢死隊前來救援！！

雖然是得救了！但感覺是個冷笑話……

哇！這麼多觸鬚！
哪來的？？

估計現在他們一
定已經被抓住了！！

嗯嗯。

贊同！

不好了！

他們割斷觸鬚逃跑
引起了大騷動……

快去追！

好香呀！
我也來十串！

兒童
免費哦！

每串一元

风味
烤 触 须

無法抵抗外界病毒的侵襲！

我們的免疫系統實在太脆弱了!!

不過呢！現在上天卻是賜予我們新的能量!!

就憑你這種低等品種，就敢喝我活寶精華?!

PEK!

吓!!

沒水準！你們這些亂吐口水的低等人類！

咳！ 咳！ 咳！

她們還有免疫力嗎……

咳！ 咳！

聖母已外出，為我們尋找新的生命之源。

妳是期盼水觀音回來？她早就棄妳們而去了！

哼！聖母大人一定會回來的!!

沒想到她竟有如此人望……

因為她最愛的木將軍簽名寫真集在我手上！

哇！我也喜歡!!

讓我吸收妳的能量吧！

不要啊！拜託！妳不可以這麼做!!

哼哼！為所愛的女人心疼嗎……

艾飛有蛀牙和口腔潰瘍，而且還從來不刷牙……

哇哈哈哈！
我得到了上天賜
予的新能量了!!

咦？你們要幹嘛？

兩個就
夠了!!

我不要
做乳牛!!

自爆去吧!!!

幹得好！活寶！繼續釋放妳的能量吧！！

吸吧！吸吧！讓妳們跟水觀音一個下場！！

就憑你們這些低等物種，也配吸取我的萬年精華嗎?!

好累……

這電力儲存起來夠用一年了吧！

妳厲害。

高压危险

100%

PATON

第 36 話
漩渦的風暴

艾飛！釋放能量撐破這些藤蔓！

OK！

能量釋放！

夠了！別再釋放能量了！艾飛！

？

我們也快爆了！

刀子插到藤蔓
裡面啦！

好像要
爆啦！

喝呀——

咿——

你在
幹嘛？

等會不想被水淹死
的話，就跟我一起
做熱身運動。

POK

大吉

裡面不一定
是水吧！

開門！
開門！

你放棄吧！
本船限載三人！

再不開門我就在
船身上塗鴉！！

啊！不要！我名
貴的鴨子船……

滾開！小流氓！

KICK

第
36
話

漩渦的風暴

基地……
出事了!!

死者都是在瞬間
被吸乾水分……

謝謝你們為我的
兄弟收屍……

大師父喜歡
吃魷魚絲,

所以帶些回去
孝敬他老人家。

這裡……還有一堆白骨！

這確實是……

半魚人的骨頭……

太可怕了！肯定是個沒人性的怪物殺手！

好久沒吃魚了……

嗝——

是貓奴!!

水觀音早就偽裝……潛在基地——

究竟誰是水觀音呀?!

死了。

看來只能靠我們自己找出線索了!

隊長!你還沒說出誰是水觀音吶!!

怎麼找?

首先,

我們要解剖屍體。

我招!我招!是505啦!

好夥伴……

一路好走……

嗚嗚……
嗚……

你們的眼淚
讓我好感動……

不能讓他
白白犧牲！

這些珊瑚
先拿去賣了……

死不瞑目！

水觀音竟然把半形人全都殺了……

我貓奴不報此仇誓不為人!!

抖……

身為人類竟然與我族同仇敵愾……太感動了!

不要傷心了……

水觀音太不守信用,原本說好要留幾口活人魚給我吃的……

喵。

隊長再不走就來不及啦!

我要給兄弟們陪葬!!

正是為了死去的半形人,

你才必須活著出去呀!

君子報仇,十年不晚!!

出去賣身為兄弟們葬個好墳。

嗯!馬戲團價錢好!

!

雪人族
還在等我?!

雪霸王
救我!!

救
我

每天吃爛苦瓜，
苦上加苦。

做些別的菜來轉
換一下心情吧！

哇！
好多點心!!

苦瓜蛋糕——

苦瓜布丁、
苦瓜蛋塔。

小師弟
在哪裡?!

我昨晚夢見小師弟。

第 **36** 話　漩渦的風暴

我又何嘗不是⋯⋯

我昨晚夢見小師弟尿床⋯⋯

好懷念呀。

HA HA HA HA

醒來發現是自己尿床了。

讓我用「烏龍塔羅牌」為小徒弟卜上一卦吧!!

這可是難得的寶貝呢!

這個寶貝怎麼只售價十元?!

那是他平生第一次買的盜版,特有紀念價值……

第37話
生死命運牌

命中玄機牌面觀，運裡乾坤掌上現！！

好厲害的洗牌術！

大師父的牌技比賭神更神！

為師可是從來不賭博的哦！！

那麼……您是從哪兒學來的呢？

便祕的時候玩疊紙巾打發時間練成的！！

第二張牌……

是……
是死神？

我不信邪！
小師弟一定
沒事的!!

哎呀！水面突然
晃起來了！

啵

剛才你們在
幹什麼??

死……神……

你個負心漢!!

喵！

你算的是什麼爛牌呀?

一下子把我可憐的小徒弟算沒了!

二位師父且慢悲觀!

事情還沒想像的那麼糟糕!

你看!大師父敏感的右眉並沒有在跳!

對呀!右眉沒跳代表很安全吧?

走穴啦……右腿抖得快斷了……

太陽就像我的光頭！照亮了幸運之路！

我們的光頭！

比你的亮!!

說到這，二位師父別不服氣！

最基本也有五百瓦特哦！

蓄電池 500W

我們平安回來，給師父一個驚喜！

師父師兄！我們回來啦！！

放我出去！！

胖師父我又見到小師弟了——

傻徒兒，又出現幻覺了，師父不想再失去一個徒弟呀——

在雪山上我派了三隻忠犬去接你們，怎麼沒來？

呃——

狗——

咦？

怎……怎麼辦……我們怎麼回答？

裝作完全不知道!!

我們完全沒見過，也不知道什麼忠犬之類的!!

可是牠們說見過你們呀！

鬼呀——!!

那三隻狗……

被兩個神祕客屠殺後燒烤吃掉了!!

胖師父吃了很多!!

你敢發誓沒有跟我搶嗎?!

還是大師父最有愛心……嗚……嗚……

這件由我親自全手工製作的狗皮大衣!

看你這麼可憐,只收兩百元吧!

驚!

貓奴，我要告訴妳一個難過的消息。

妳的主人龐貴人已被謀殺，被巨掌釘死在懸崖上!!

我可憐的主子啊！

接受現實吧，可憐的孩子！

唉……

哦哈哈哈哈哈！

還以為這輩子都等不到千年老妖死呢！現在遺產權全歸我！

釘死龐貴人的是
隻巨大的手掌!!

我們馬上到
青林調查!!

烏龍院

哇!這麼多人都
來找活寶嗎⋯⋯

如來神掌真跡石,
十元摸一次。

被開發觀光了!!!

如來神掌
保你平安

我是個棄嬰，從小被龐貴人收養……

龐貴人真是一位好心人吶！

她一定對妳很好吧！

龐貴人愛貓如癡，所以叫我「貓奴」。

她對我實在是比貓還要好……

剛擠的貓奶，喝光它！

熱死人啦！
我不幹啦！

熱

熱

熱

大家都有帽子戴，
為何偏偏我沒有？

如果你戴上帽子，
大家就會餓死在
沙漠。

師兄捨己為人。

滋～滋～

……汗太多，
鹹了！

熱到不行了——

咕嚕 咕嚕
咕嚕 咕嚕

輪到我……

水……

你這樣太浪費啦！

快把水壺交出來！

自私鬼!!

人家好多天沒洗腳了!!

WAYA
GAZA

BOOM

HOOOM

第 38 話
前進地獄谷

駱駝在挖洞！

他一定是口渴了想找水喝！

不對，駱駝能熬住幾天不喝水！

糟了，錢包找不到了……

是沙塵暴!!

快挖洞!!

似乎已經
過去了……

怎麼去?

哪個笨蛋挖
這麼深的?!

糟啦！ 行李都被風刮走了!!

不怕！還有地圖能帶我們走出困境！

地圖…… 也不見了!!

俺有備份啦！

活寶撐不住了，
阿亮快去找水喝。

Yes, Sir！

師父！！

我找到綠洲啦！

神蹟顯現！
神蹟顯現吶！

活寶有救啦！

綠舟。

吓吓吓～

你們想要喝一點綠的水，下場只有一個！

就是死!!

攔我喝水的下場也只有一個!!

長眉使出了「一葦渡江」!!

老大不小的，

還幻想自己是武俠高手嗎？

大師父，這只是個小……水溝！

極品輕功！一葦渡江?!

輪到我登場了！

這麼胖也……
不怕沉到水
裡嗎?!

徒弟們
可以過了！

……

趁蒙面人被大師父牽制住，我們上！！

烏龍院一起上，你們完蛋了！

好涼快！！

終於有水喝了！！

你們快給我上來!!

你是什麼東西?

我是張總管!

這裡一切事情都歸我管!

張總管,主人的寵物餓了,叫你去餵奶!

哎喲!
這就來了嘛!
BABY!

管家婆!

第 38 話　前進地獄谷

辣婆婆正在準備舉辦「金牌辣廚」大賽！

他要透過競賽，選出一位烹調辣味的專家！

烏龍院胖師父就是辣專家哦。

辣婆婆口渴就會直接喝辣椒汁哦！

你算哪根蔥？

辣廚大賽報名開始了!!

你……你有什麼特長?

請問我可以參加嗎?

特長?!

他哪裡有什麼特長呀!

你應該問我比較清楚!

達成夢想……
參加辣廚大賽，
成就人生路上的
一段輝煌。

創造了輝煌的人，
更可獲得金幣獎勵!!

三百枚

我也要參加!!

我先
參加的!

我要
參加!!

我參加啦!

報名費
三十枚金幣!

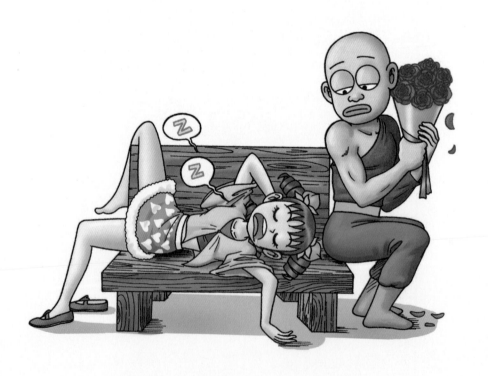

辣廚大賽就派你做代表參賽。

我?!

如果輸了,
鐵定會被揍慘,
找藉口推掉為上策!

弟子只會做蛋炒飯,
資格不夠啦!

ONLY 蛋炒飯

EEEK!

那也比我們強,連
「蛋炒飯」都不會!

飯蛋炒

炒飯蛋

蛋飯炒

烏龍院
由你代表
出賽吧！

我不去

大師兄
夠堅決！
毫不動搖！

阿亮從來
說一不二!!

我們是比賽服務員，
誠意為您服務！

小姐你好！我是烏龍院大
師兄，很榮幸能參加比賽，
麻煩把報名表給我吧！

變太快啦！

此次辣廚大賽的
參賽者，每位都
身懷絕技，相信
這會是一場味覺
與視覺的極致競爭！

大師兄！
你要上哪去？

外面都是廚藝界的
頂尖大師……
我還是開溜吧！

咦？
大師兄別又回來了?!
想到致勝奇招了?!

轉頭！

參賽十有九死，
不參賽肯定會死呀！

WA
WA

SHARP

有請來自西域的
料理魔術師出場！

不就煮魚嘛，
有什麼稀奇?!

西域魔術師是
那條魚呢！

這次參賽組裡有一支神祕的隊伍！

他們就是武林怪客!! 四Ｘ隊。

什麼四Ｘ隊，亂七八糟的名字呀！

好期待呀！

再怪也還是普通人一個吧！

活寶，妳的臉怎麼了?!

我……對辣椒過敏……起紅疹啦!

可惡，明天我就出賽了，妳竟對辣椒過敏!!

咻!咻!咻!

明天是你比賽，又不是艾飛!

這麼激動幹嘛?

我對紅疹過敏啦!!

我烏龍院神猛大師兄！

阿亮！明天一定會奪冠！哈哈！

喂！隔壁說話小聲點！！

好深厚的內力！！

絕非常人所為！

這對音箱果然夠震撼呢！嘿嘿！

樓上兩幫怪人
要打架啦!!

等等!
先別打!!

用不著
勸架!

誰也阻止
不了的!

沒錯!!

快點買囉,一人十元,
「怪客對幹」現場直播!

第 39 話 辣廚爭霸賽

終於讓我吻到光頭哥了！

竟敢吻我?!
我要以牙還牙！

MUMM——

來吧——妾身不在乎以吻還吻我，嗯——

吻鐵鎚吧！

你竟然把她打得更醜了⋯⋯

哼！又如何？

我要讓你得到應有的懲罰！！

要打架嗎？來吧！！

把馬臉許配給你吧！

居然敢在這裡鬧事 ?!

發射麻辣催淚醬 !!

夠勁頭！好吃。

快去拿桶來 !!

還射個屁！快停 !!

我們「一點綠」配備精良的警衛大隊！

為防止鬧事，警衛人員各個兇悍過人！

來吧！
將你們颯爽的英姿，
毫無保留地展現給嘉賓們看吧！

預備——！！

第**40**話
我是
江少右

發射麻辣
催淚彈。

鎮壓鬧事者!

被射中者會全身燒灼,
喪失行動能力!!

哇呀!辣得要起火啦!

哇嗒!
適得其反。

再多噴些,
人家喜歡
這種感覺!

第 **40** 話　我是江少右

她就是
辣婆婆?!

你⋯⋯那個長眉
毛的老頭⋯⋯

要如何處置?

請辣婆婆吩咐!!

嗚⋯⋯
他真的
很像⋯⋯

我那死去
的老公!

DEN

哇！真熱鬧，我也來參加比賽哦！

你好！我是烏龍院的阿亮，請指教！

嘻嘻

POK！

搞個氣氛而已嘛——

厲害！一口氣寫出二十幾種料理方法！！

花拳繡腿！

細皮嫩肉能有什麼真功夫！

……

看我阿亮的吧！

大師兄能一口氣擦掉二十幾種料理方法！

EKKKK

這少女從沙漠走來，皮膚竟然如此白皙！

此人絕對功力深厚！！

一定練過神祕武功！

施打人工美白皮膚激素。

可能是西域換皮術。

擦十公分厚的防晒霜！

直接在臉上貼黃瓜！

人家好辛苦挖地道過來的呢！

嘰！

喝！

嘿！

哼！新來的女生竟跟阿亮哥如此親熱！

哪來的野妞跟我搶男朋友？！

啊！原來妳是他女朋友？太好了！

快把他帶走吧！

我還以為他是哪個精神病院走丟的呢！

這是他們用來做催淚彈的辣醬嗎？

讓我嘗嘗……

嘔——

嗯！是從七年貴州辣椒樹上採下來的，

並且還加入了漂白劑釀製而成的醬……

超厲害！

說錯咧！辣醬裡根本沒有漂白劑！！

怎麼可能！我的舌頭從來沒錯過……

討厭！漂白劑是人家用的化妝品啦！

嘔——！！

大師兄吵得我睡不著!

睡不著睡不著睡不著睡不著睡不著睡不著睡不著睡不著

第 40 話

我是江少右

把那顆烏龍入夢丸吃了馬上有效!

剛放到嘴裡就睡著了!太厲害啦!

慘!吵得更難入眠!

185

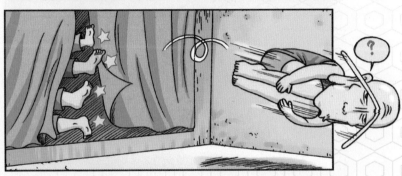

就算是白菜，

我也能做出最好的料理！！

這種脫俗的味道？！

是調味料經過嫻熟的搭配，恰到好處的火候，

做出如此無與倫比的新口味白菜？！

糟啦！剛才忘記放白菜了。

江少右的材料是
仙人掌!!

SLAS
SLASH

太棒了!這種神乎其技
的去皮刀法,讓在場各
位無不俯首拜服!!

呵呵呵
呵呵

被扎到臉啦!!

馬臉抽到黃瓜做材料!!

妳打算怎樣做?

首要考慮當然是充分發揮黃瓜的最大用處!!

切切切

所以,先做個美容再拿去料理吧——

四顆蛋
能做啥呀……??

大家也幫幫
忙吧——

……

大師兄……
你要幹嘛？

哼！求人
不如求己!!

我要滾蛋!!

離開你們這些
無情的傢伙。

GOLO GOLO GOLO

喂！你要上哪去呀？！

不急不急，

我的徒弟雖傻，卻有一種天賦潛在爆發力！！

有趣呢！

一開始就不按常理出牌，跟去瞧瞧。

找我就說不在！！

PuZZAR…

時報漫畫叢書 FTL0876

烏龍院活寶Q版四格漫畫 第5卷

作　　者──敖幼祥
主　　編──陳信宏
責任編輯──尹蘊雯
責任企畫──曾俊凱
美術設計──亞樂設計

發 行 人──趙政岷
編輯顧問──李采洪
贊助單位──文化部

出 版 者──時報文化出版企業股份有限公司
　　　　　10803臺北市和平西路3段240號3樓
　　　　　發行專線─（02）2306-6842
　　　　　讀者服務專線─0800-231-705・（02）2304-7103
　　　　　讀者服務傳真─（02）2304-6858
　　　　　郵撥─19344724時報文化出版公司
　　　　　信箱─臺北郵政79～99信箱
時報悅讀網──http://www.readingtimes.com.tw
電子郵件信箱──newlife@readingtimes.com.tw
時報出版愛讀者粉絲團──http://www.facebook.com/readingtimes.2
法律顧問──理律法律事務所　陳長文律師、李念祖律師
印　　刷──和楹印刷有限公司
初版一刷──2019年3月22日
定　　價──新臺幣280元
（缺頁或破損的書，請寄回更換）

烏龍院活寶Q版四格漫畫/敖幼祥作
　　ISBN 978-957-13-7680-6　（第1卷：平裝）　NT$：280
　　ISBN 978-957-13-7681-3　（第2卷：平裝）　NT$：280
　　ISBN 978-957-13-7682-0　（第3卷：平裝）　NT$：280
　　ISBN 978-957-13-7683-7　（第4卷：平裝）　NT$：280
　　ISBN 978-957-13-7684-4　（第5卷：平裝）　NT$：280
　　ISBN 978-957-13-7685-1　（第6卷：平裝）　NT$：280

烏龍院活寶Q版四格漫畫(第1-6卷套書)/敖幼祥作
　　ISBN 978-957-13-7686-8　（全套：平裝）　NT$：1680